VENTE

Du Lundi 14 Décembre 1908

HOTEL DROUOT, SALLE N° 6

A DEUX HEURES

*

COLLECTION DE M. J. L...

Tableaux Anciens

COMMISSAIRE-PRISEUR

Mᵉ HENRI BAUDOIN

Successeur de M. PAUL CHEVALLIER

10, rue Grange-Batelière

EXPERT

M. JULES FÉRAL

[illegible], rue Saint-Georges

CATALOGUE

DE

TABLEAUX ANCIENS

PAR

Mlle Bouliar, De Marne, Desportes, Drolling, Eisen, Everdingen,
G. de Heusch, Hondekoeter, Huet, Van Huysum,
Lagrenée, Lajoue, Lemoine, X. Le Prince, Leriche, Lingelbach, Jean Van der Meer,
Van der Meulen, Moucheron, Pillement, Platzer, Raoux,
Hubert Robert, Schall, Van Spaendonck, Taunay, Tournières, de Troy,
Mme Vallayer-Coster, Vallin, Van Loo, etc., etc.

Composant la Collection de M. J. L...

ET DONT LA VENTE AURA LIEU, A PARIS

HOTEL DROUOT, SALLE No 6

Le Lundi 14 Décembre 1908

A DEUX HEURES

COMMISSAIRE-PRISEUR
Me HENRI BAUDOIN
Successeur de M. Paul CHEVALLIER
10, rue Grange-Batelière

EXPERT
M. JULES FÉRAL
7, rue Saint-Georges
PARIS

EXPOSITIONS

Particulière : *Le Samedi 12 Décembre 1908......*	de 2 h. à 6 heures
Publique : *Le Dimanche 13 Décembre 1908......*	

CONDITIONS DE LA VENTE

Elle aura lieu au comptant.

Les adjudicataires paieront *dix pour cent* en sus des enchères.

Paris. — Imp. de l'Art, Ch. Berger, 41, rue de la Victoire.

DÉSIGNATION

TABLEAUX ANCIENS

AALST
(GUILLAUME VAN)
Delft, 1620-1679

1 — *Gibier et légumes sur une table de cuisine.*
Toile. Haut, 1 m. 50 cent.; larg., 1 m. 18 cent.

AUDRAN
(Attribués à)
(DEUX PENDANTS)

2 — *Bouquets de fleurs.*
Modèles de tapisseries.
Toiles. Haut., 76 cent.; larg., 74 cent.

BLIN DE FONTENAY
(JEAN-BAPTISTE)
Caen, 1653-1715

3 — *Vase de fleurs.*
Toile. Haut., 1 m. 44 cent.; larg., 1 m. 12 cent.

BERRÉ

(JEAN-BAPTISTE

Anvers, 1777-1828

4 — *La Charrette de foin.*

Au premier plan, des animaux au pâturage.
Signé à gauche.

Toile. Haut., 87 cent.; larg., 1 m. 15 cent.

BOUCHER

(École de)

5 — *Paysage avec cours d'eau, bergers et animaux.*

Toile. Haut., 65 cent.; larg., 1 mètre.

BOUCHER

(École de)

(DEUX PENDANTS)

6-7 — *Paysages avec cours d'eau et figures.*

Dessus de portes en camaïeu bleu.

Toiles. Haut., 88 cent.; larg., 1 m. 22 cent.

8

Phototypie Berthaud

BOULIAR

(Mlle MARIE-GENEVIÈVE)

Paris, 1772-1819

8 — *La Rêveuse.*

Une jeune fille, assise, les bras croisés, incline la tête sur l'épaule, en levant les yeux. Ses cheveux bruns, bouclés, sont ornés d'un fichu de gaze et d'une rose. Une écharpe jaune est drapée autour de sa taille, sur une robe de mousseline blanche, découvrant la poitrine et les bras.

Bois de forme ovale.

Haut., 64 cent.; larg., 54 cent.

BREYDEL

(Le Chevalier CHARLES)

Anvers, 1677-1744

(DEUX PENDANTS)

9 — *Combats de cavaliers.*

Bois. Haut., 25 cent.; larg., 32 cent.

BRUANDET

(LAZARE)

Paris, 1755-1803

(DEUX PENDANTS)

10-11 — *Paysages avec cours d'eau, figures et animaux.*

Toiles. Haut., 47 cent.; larg., 61 cent.

CRÉPIN

(LOUIS-PHILIPPE)

Paris, 1772-1851

12 — *Le Torrent.*

Signé et daté : *1804.*

Toile. Haut., 98 cent.; larg., 75 cent.

DELEN

(THIERRY VAN)

Heusden, 1605-1671

13 — *Personnages dans une Église.*

Signé à droite et daté : *1633.*

Bois. Haut., 51 cent.; larg., 45 cent.

DE MARNE

(JEAN LOUIS)

Bruxelles, 1744-1829

14 — *La Route du marché.*

De nombreux personnages, cavaliers, dames et gentilshommes, villageois, bergers et leurs troupeaux, suivent une large route.

Toile. Haut., 58 cent.; larg., 84 cent.

DESPORTES

(FRANÇOIS)

Champigneul, 1661-1743

15 — *Chasse au Cerf.*

Signé et daté : *1712.*

Toile. Haut., 98 cent.; larg., 1 m. 18 cent.

DIETRICH

(CHRÉTIEN-GUILLAUME)

Weimar, 1712-1774

16 — *Rochers et Cascades.*

Toile. Haut., 57 cent.; larg., 70 cent.

DROLLING

(MARTIN)

Oberghein, 1752-1817

17 — *Portraits présumés de la famille de l'artiste.*

A droite, un jeune homme est assis devant un chevalet; à gauche, une jeune fille joue du clavecin.

Toile. Haut., 1 m. 12 cent.; larg., 1 m. 25 cent.

Cadre en bois sculpté.

EISEN

(FRANÇOIS)

Bruxelles, 1685-1775

18 — *Amours sur un nuage.*

Toile. Haut., 38 cent.; larg., 38 cent.

Cadre en bois sculpté.

EISEN

(FRANÇOIS)

19 — *Composition allégorique.*

Bois. Haut., 54 cent.; larg., 44 cent.

ESCHARD

(CHARLES)

Caen, 1748-1783

20 — *Bords de rivière avec constructions et figures.*

Signé à droite.

Toile. Haut., 81 cent.; larg., 1 mètre.

EVERDINGEN

(ALBERT VAN)

Alkmaar, 1621-1675

21 — *Torrent dans un site agreste.*

Toile. Haut., 1 m. 33 cent.; larg., 1 m. 7 cent.

FALENS

(CHARLES VAN)

Anvers, 1683-1733

22 — *Halte de chasseurs.*

Toile. Haut., 41 cent.; larg., 51 cent.

FAVRAY

(Le Chevalier ANTOINE)

Bagnolet, 1706-1791

23 — *Un Avocat et deux jeunes femmes.*

Toile. Haut., 81 cent.; larg., 1 mètre.

FERG

(FRANÇOIS DE PAULE)

Vienne, 1689-1740

(DEUX PENDANTS)

24 — *Fête de village.*

Signé à droite.

25 — *L'Abreuvoir.*

Signé à gauche.

Toiles. Haut., 55 cent.; larg., 42 cent.

HALS

(Attribué à FRANS)

26 — *Portrait de Femme vêtue de noir.*

Toile. Haut., 1 m. 5 cent.; larg., 72 cent.

HEUSCH

(GUILLAUME DE)

Utrecht, 1638-1669

27 — *Paysage accidenté traversé par un cours d'eau.*

Effet de soleil couchant.

Toile. Haut., 30 cent.; larg., 36 cent.

HOET

(GÉRARD)

Bommel, 1648-1733

28 — *Offrande et sacrifice.*

Toile. Haut., 52 cent.; larg., 64 cent

HONDEKOETER

(MELCHIOR DE)

Utrecht, 1636-1695

29 — *Oiseaux de basse-cour.*

Fond de parc.
Signé en toutes lettres.

Toile. Haut., 1 mètre ; larg., 1 m. 15 cent.

HUET

(JEAN-BAPTISTE)

Paris, 1745-1811

30 — *Le Repos des bergers.*

Un pont de pierre traverse un cours d'eau qui coule en cascade.

A droite, un château domine un rocher.

Toile. Haut., 77 cent.; larg., 93 cent.

HUET

(JEAN-BAPTISTE)

31 — *La Bergère.*

Elle est assise sur un tertre, tenant une quenouille. Signé à droite.

Toile. Haut., 24 cent.; larg., 30 cent.

HUGTENBURG

(JEAN VAN)

Haarlem, 1646-1733

32 — *Combat devant une ville en flammes.*

Toile. Haut., 51 cent.; larg., 79 cent.

HUYSUM

(JEAN VAN)

Amsterdam, 1682-1749

33 — *Un Vase de fleurs.*

Il est posé sur une console de marbre, près d'un nid d'oiseaux.

Fond de parc.

Signé et daté : *1733.*

Toile. Haut., 79 cent.; larg., 64 cent.

Cadre en bois sculpté.

JULIARD

(NICOLAS-JACQUES)

Paris, 1715-1790

(DEUX PENDANTS)

34 — *Paysages avec cours d'eau, rochers, cascade, pont de pierre, figures et animaux.*

Toiles. Haut., 33 cent.; larg., 40 cent.

JULIARD

(NICOLAS-JACQUES)

35 — *Paysage des environs de Beauvais.*

Toile. Haut., 45 cent.; larg., 55 cent.

LACROIX

(DE MARSEILLE)

École Française, XVIIIe siècle

36 — *Les Baigneuses.*

Signé et daté : *1767.*

Toile. Haut., 50 cent.; larg., 66 cent.

LACROIX

(DE MARSEILLE)

École Française, XVIIIe siècle

37 — *Pêcheurs retirant leurs filets.*

Toile. Haut., 20 cent.; larg., 25 cent.

LAGRENÉE

(JEAN-JACQUES)

Paris, 1740-1821

(DEUX PENDANTS)

38 — *Le Jugement de Pâris.*

39 — *Le Bain de Vénus.*

Toiles. Haut., 80 cent.; larg., 1 mètre.

LAJOUE

(JACQUES DE)

1687-1761

40 — *Fontaine monumentale.*

Composition décorative, animée de personnages.
Signé à gauche.

Toile. Haut., 85 cent.; larg., 1 m. 30 cent.

LALLEMAND

(JEAN-BAPTISTE)

Dijon, 1710-1805

(DEUX PENDANTS)

41 — *Composition architecturale, avec baigneuses au premier plan.*

42 — *Personnages devant un palais.*

Toiles. Haut., 81 cent.; larg., 64 cent.

LAMBRECHTS

(C.)

École Hollandaise, XVIIe siècle

43 — *Les Marchands de légumes.*

Toile. Haut., 58 cent.; larg., 49 cent.

LECŒUR

(JEAN-BAPTISTE)

Le Mans, 1795-1838

44 — *La Récréation dans le parc.*

Signé et daté : *1836.*

Toile. Haut., 39 cent.; larg., 32 cent.

LEMOINE

(FRANÇOIS)

Paris, 1688-1737

45 — *Portrait de Femme.*

Assise sur un nuage, en robe jaune, avec écharpe bleue, elle est accompagnée d'un amour.

Dans le fond, deux colombes.

Toile. Haut., 1 m. 34 cent.; larg., 1 m. 3 cent.

Cadre en bois sculpté.

LE NAIN

(Attribué à)

46 — *Le Joueur de flûte.*

Toile. Haut., 82 cent.; larg., 66 cent.

LE PRINCE

(XAVIER)

Honfleur, 1799-1826

47 — *L'Entrée de Paris à la Villette.*

Une charrette, un cabriolet, sont arrêtés devant l'octroi. Plus loin, des saltimbanques font la parade.

Signé à gauche.

Toile. Haut., 37 cent.; larg., 46 cent.

LERICHE

École Française, XVIIIe siècle

(DEUX PENDANTS)

48 — *Vases de fleurs posés sur des socles de pierre.*

Toiles. Haut., 1 m. 63 cent.; larg., 1 m. 13 cent.

LERICHE

(DEUX PENDANTS)

49 — *Corbeilles de fleurs.*

Dessus de portes.

Toiles. Haut., 52 cent.; larg., 91 cent.

LINGELBACH

(JEAN)

Francfort-sur-Mein, 1625-1687

50 — *Les Bûcherons.*

A droite et vers le fond, la campagne s'étend à l'horizon.

Toile. Haut., 1 m. 12 cent.; larg., 1 m. 25 cent.

MARIESCHI

(JACQUES)

Venise, 1711-1794

(DEUX PENDANTS)

51 — *Vues des environs de Venise.*

Toiles. Haut., 19 cent.; larg., 26 cent.

MARTIN

(PIERRE-DENIS)

1673-1742

52 — *La Chasse au Cerf.*

Toile. Haut., 37 cent.; larg., 48 cent.

MEER (Le Jeune)

(JEAN VAN DER)

Haarlem, 1656-1705

53 — *Bergers, chèvres et moutons.*

Bois. Haut., 45 cent ; larg., 6 cent.

MEULEN

(ADAM FRANS VAN DER)

Bruxelles, 1635-1690

54 — *La Mêlée.*

Des cavaliers sont aux prises sur une éminence. Dans la vallée, qui s'étend à droite à perte de vue, une bataille se livre.

Toile. Haut., 58 cent.; larg., 81 cent.

MIGNARD

(Attribué à)

55 — *Portrait de Jeune Femme en Renommée.*

Toile. Haut., 1 m. 80 cent.; larg., 1 m. 20 cent.

Cadre en bois sculpté.

MIGNARD

(École de)

56 — *Jeune Femme tenant une rose.*

Toile. Haut., 1 m. 28 cent.; larg., 1 mètre.

Cadre en bois sculpté

MOUCHERON

(FRÉDÉRIC DE)

Emden, 1633-1686

57 — *Paysage d'Italie, avec constructions, figures et animaux.*

Signé à gauche en toutes lettres.

Toile. Haut., 86 cent.; larg., 1 m. 1 cent.

NATTIER

(École de)

(DEUX PENDANTS)

58 — *Le Triomphe de Flore.*

59 — *Diane et Endymion.*

Panneaux décoratifs.

Toiles. Haut., 1 m. 46 cent.; larg., 1 m. 14 cent.

PILLEMENT

(JEAN)

Lyon, 1728-1808

60 — *Bergers et animaux devant une cascade.*

Signé et daté : *1787.*

Toile. Haut., 49 cent.; larg., 65 cent.

PILLEMENT

(JEAN)

61 — *Bergers et animaux au bord d'un torrent.*

Signé à gauche et daté : *l'an 3 D. la R.*

Toile. Haut., 43 cent.; larg., 62 cent.

PLATZER

(JEAN-VICTOR)

Mals, 1704-1767

62 — *Brennus jette son épée dans la balance : « Væ Victis ».*

Signé et daté : *1735.*

Toile. Haut., 32 cent.; larg., 34 cent.

Cadre en bois sculpté.

RAOUX

(JEAN)

Montpellier, 1677-1734

63 — *Le Concert.*

Toile. Haut., 92 cent.; larg., 1 m. 21 cent.

ROBERT

(HUBERT)

Paris, 1733-1806

64 — *Paysage avec baigneuse au bord d'un cours d'eau.*

Une jeune femme baigne ses jambes dans un cours d'eau qui s'échappe d'un rocher.

Dans le fond, des hauts peupliers s'élèvent sous un ciel nuageux.

Toile. Haut., 65 cent.; larg., 1 m. 23 cent.

SCHALL

(FRÉDÉRIC-JEAN)

Strasbourg, XVIIIe siècle

65 — *Le Modèle bien disposé.*

Un peintre en habit rouge, culotte bleue, sa palette et ses pinceaux à la main, embrasse une jeune femme nue, assise sur la table à modèle.

A gauche, un brûle-parfum est allumé, un rideau vert est tendu sur le fond. A droite, un tableau sur un chevalet, une chaise bleue, un meuble de peintre et, dans le fond, une statue d'Hercule.

Composition gravée.

Bois. Haut., 39 cent.; larg., 32 cent.

SCHUTZ

(CHRÉTIEN-GEORGES)

Floresheim, 1718-1791

66 — *Vue des bords du Rhin.*

Bois. Haut., 40 cent.; larg., 54 cent.

SPAENDONCK

(CORNÉLIS VAN)

Tilburg, 1756-1840

67 — *Corbeille de fruits sur une table de marbre.*

Signé et daté : *1791.*

Toile. Haut., 38 cent.; larg., 46 cent.

SPAENDONCK

(CORNÉLIS VAN)

68 — *Pêches et raisins sur une table de marbre.*

Signé à droite.

Toile. Haut., 32 cent.; larg., 46 cent.

SPAENDONCK

(CORNÉLIS VAN)

69 — *Vase de fleurs et nid d'oiseaux.*

Signé et daté : *1818*.

Toile. Haut., 52 cent.; larg., 41 cent.

STORCK

(ABRAHAM)

Amsterdam, 1630-1710

70 — *Un Port de mer.*

Signé en toutes lettres.

Toile. Haut., 78 cent.; larg., 70 cent.

STOTHARD

(THOMAS)

Londres, 1755-1834.

71 — *La Visite du fermier.*

Composition gravée.
Bois de forme ovale.

Haut., 33 cent.; larg., 45 cent.

TAUNAY

(NICOLAS-ANTOINE)

Paris, 1755-1830

72 — *Le Marché.*

De nombreux personnages sont réunis à l'entrée d'une ville; à droite, des saltimbanques font la parade. A gauche, on remarque un pont sur une rivière.

Toile. Haut., 59 cent.; larg., 74 cent.

TAUNAY

(NICOLAS-ANTOINE)

73 — *Le Passage du gué.*

Signé et daté : *1825.*

Toile. Haut., 65 cent.; larg., 57 cent.

TAUNAY

(NICOLAS-ANTOINE)

74 — *Régiment d'artillerie entrant dans une place forte.*

Toile. Haut., 50 cent.; larg., 66 cent.

TAUNAY

(NICOLAS-ANTOINE)

(DEUX PENDANTS)

75 — *Orphée et Eurydice.*

76 — *Nymphe et Amour.*

Toiles. Haut., 33 cent.; larg., 41 cent.

TOURNIÈRES

(ROBERT)

Ifs, 1668-1752

77 — *Portrait d'un Conseiller au Parlement.*

Toile. Haut., 46 cent. ; larg., 37 cent.

TRAUTMAN

(GEORGE)

Deux-Ponts, 1713-1769

(DEUX PENDANTS)

78 — *La Foire de village.*

79 — *Fête champêtre.*

Intéressantes compositions animées d'une multitude de figures.

Toiles. Haut., 65 cent.; larg., 1 m. 3 cent.

Cadres en bois sculpté.

TRINQUESSE

(Attribué à)

80 — *Portrait de Jeune Femme.*

En robe bleue, bonnet et fichu de mousseline, elle est assise devant un secrétaire à abattant.

Toile. Haut., 92 cent. ; larg., 74 cent.

Cadre en bois sculpté.

TROY

(JEAN-FRANÇOIS DE)

Paris, 1679-1752

81 — *Jeune Femme tenant une orange.*

Toile. Haut., 1 m. 32 cent.; larg., 99 cent.

Cadre en bois sculpté.

VALLAYER-COSTER

(Mme ANNE)

Paris, 1744-1818

(DEUX PENDANTS)

82 — *Vases de Roses.*

Toiles. Haut., 1 m. 50 cent.; larg., 1 mètre.

VALLIN

(JACQUES-ANTOINE)

(XVIIIe siècle)

83 — *Nymphes au bain.*

Signé et daté : *1793.*

Toile. Haut., 65 cent.; larg., 91 cent.

VAN LOO

(CHARLES-ANDRÉ dit CARLE)

Nice, 1705-1765

84 — *Portrait de Femme en Diane.*

Assise dans un parc, en robe de mousseline décolletée, tenant un arc.

Toile. Haut., 1 m. 7 cent.; larg., 81 cent.

Cadre en bois sculpté.

85

VAN LOO

(LOUIS-MICHEL)

Toulon, 1707-1771

85 — *Portrait de Jeune Femme.*

Elle est représentée à mi-corps, tournée vers la gauche, assise dans un fauteuil, vêtue d'une robe blanche décolletée, les cheveux relevés sur le front, bouclés et poudrés.

Toile de forme ovale.

Haut., 72 cent.; larg., 59 cent.

VERNET

(JOSEPH)

Avignon, 1714-1789

86 — *Vue de Rome.*

De nombreux personnages assistent à une fête nautique aux bords du Tibre, devant le pont et le château Saint-Ange.

Signé et daté.

Toile. Haut., 1 m. 5 cent.; larg., 1 m. 40 cent.

VERSPRONCH

(JEAN-CORNEILLE)

Haarlem, 1597-1662

87 — *Portrait d'Homme.*

Debout, vu de face jusqu'aux genoux, vêtu de noir, il tient son chapeau et ses gants.

Bois. Haut., 1 m. 11 cent.; larg., 75 cent.

VIEN

(JOSEPH-MARIE)

Montpellier, 1716-1809

88 — *Jeune Fille dans un parc.*

Elle est debout, en robe blanche, ceinture bleue et écharpe rouge.

Toile. Haut., 1 m. 94 cent.; larg., 1 m. 45 cent.

Cadre en bois sculpté.

WATTEAU DE LILLE

(LOUIS-JOSEPH)

Valenciennes, 1731-1798

(DEUX PENDANTS)

89 — *La Chanson à boire.*

90 — *Le Charlatan.*

Signés.

Bois. Haut., 31 cent.; larg., 25 cent.

WATTEAU

(LOUIS-JOSEPH)

91 — *Soldats à l'auberge.*

Toile. Haut., 41 cent.; larg., 32 cent.

WATTEAU

(LOUIS-JOSEPH)

92 — *Les Ivrognes.*

Toile. Haut., 41 cent.; larg., 52 cent.

WYNANTS

(JEAN)

Haarlem, 1625-1682

93 — *Pâturage hollandais.*

Au second plan, devant des constructions de briques, plusieurs personnages animent une allée de grands arbres.

Signé et daté : *1665.*

Les figures nous semblent d'Adrien Van de Velde.

Toile. Haut., 1 m. 46 cent.; larg., 2 m. 12 cent.

Cadre en bois sculpté.

ÉCOLE ESPAGNOLE

(XVIIe siècle)

(DEUX PENDANTS)

94 — *Portraits de Jeunes Princes et Princesses.*

Toiles. Haut., 1 m. 63 cent.; larg., 1 mètre.

ÉCOLE FRANÇAISE

95 — *Portrait de Femme, avec un chien et une perruche.*

Toile. Haut., 1 m. 30 cent.; larg., 1 mètre.

Cadre en bois sculpté.

ÉCOLE HOLLANDAISE

(XVIIe siècle)

96 — *Portrait d'Homme.*

En robe de chambre de soie verdâtre, assis devant une table couverte d'un tapis d'Orient, il tourne la page d'un livre.

Très beau tableau.

Toile. Haut., 1 m. 34 cent.; larg., 1 m. 17 cent.

ÉCOLE ITALIENNE

97 — *Portrait d'un Prince en armure.*

Toile. Haut., 2 m. 4 cent.; larg., 1 m. 25 cent.

Cadre en bois sculpté.

www.ingramcontent.com/pod-product-compliance
Ingram Content Group UK Ltd.
Pitfield, Milton Keynes, MK11 3LW, UK
UKHW021954260726
13994UKWH00004B/1741

9 782329 376271